연

인

몹시 그리워하고 사랑한 戀人

포토에세이

ORIGINALS

MBC 드라마 <연인> 제작팀 지음

"기다렸지, 그대를. 여기서 아주 오래."

차 례

이장현

cast 남궁민

"느껴지시오? 나도 도무지 모르겠어서.
왜 낭자만 보면 이놈의 심장이 이리도 요란해지는지."

거죽은 양반인데, 대놓고 재물을 탐하는 것이 부끄러운 줄도 모르고,
도리어 고귀한 선비들을 조롱하며 화를 돋운다.
장현에게 삶이란, 태어났으니 사는 것뿐.
그저 쉬엄쉬엄 건성건성 인생을 살다 갈 생각이었다.
길채를 만나기 전까지.
정말 저런 철딱서니 없는 여자를… 사랑하게 된 걸까?

유 길 채

cast 안은진

"그날 어쩐지 꿈속 낭군님이 내게 오실 것만 같았지요.
하여 내 앞에 모든 것이 초록으로 분홍으로
반짝이고 있었습니다."

자칭 능군리 서시이자 초선. 하지만 모든 사내를 쥐락펴락하던 길채도
연준의 마음은 얻지 못하는데….
그러던 중 뜬금없이 한 사내가 끼어든다.
모든 것이 연준과 반대인 남자, 이장현.
도대체 저 인간은 뭐지?

第一章 그대가 어디에 있든

"나를 처음 보았던 날을 기억하십니까?"

"분꽃이 피는 소리를 들어본 적 있습니까?
내 오늘 그 진귀한 소리를 들었소."

"나한테 오시오."

"내게 청혼하시는 겁니까?"

"난 그저
연모하는 이와 더불어
봄에는 꽃구경하고
여름에는 냇물에
발 담그고
가을에 담근 머루주를,
겨울에 꺼내 마시면서
함께 늙어가길
바랄 뿐인데…."

"그리 살고
싶습니까?"

"그때 네가 그 말을 듣자마자 제일 먼저 누굴 봤는지 아니?"

059

"잘했소. 이래야지. 우리가 떠난 후에
혹여 오랑캐를 만나거든,
지금처럼 대차게 쫓아버리시오."

"낭자 혼자라도 피난을 가시오. 나도 다른 사람들한텐 관심 없소. 약조했소이다."

"내 임금님 구하는 건 재미없어도 송추할배 이리 만든 놈들은 가만 못 두지."

"오늘 우리에겐 아무 일도… 아무 일도 일어나지 않았어."

"서방님, 피하세요!"

"헌데 낭자, 방금 전에 나보고 서방님이라고 했소?"

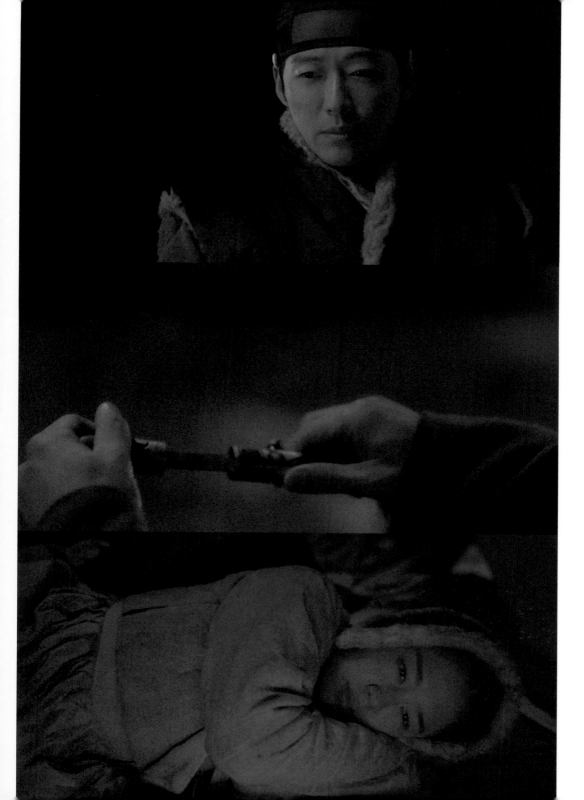

"나는 낭자가 자랑스럽습니다.
내 뭐랬소? 비실한 유생들보다
낭자 한 명이 더 믿음직스럽다고 했지."

"암튼, 나를
제일 먼저
보긴 봤다는
거지?"

"저 여인들도 다 그 주저할 섬인지 쌈인지 하는 사이인가요?"
"다르지."

"뭐가 달라요?"
"내 마음이 달라."

"허면 이렇게 합시다.
내 이 달빛에 대고 맹세하지.
강화도에 가 있어요."

"이번엔 그대가 어디에 있든"

"내 반드시 그댈 만나러 가리다."

"너야. 우리를 구한 사람은."

"언제나 너였어."

"내가⋯ 가라고 했어⋯."

"이제부터 여긴, 아무도 못 지나간다."

第二章

세상 제일 고운 꽃신을 들고 오지

"어떤 여인을 내 것으로 만들 수 있는 방법이
혼인밖에 없다면 말이지요.
그 혼인이라는 것을 할 용의도 있소."

"급할 건 없어요. 난 아주 오래 기다릴 수 있으니."

"느껴지시오? 나도 도무지 모르겠어서."

"왜 낭자만 보면 이놈의 심장이 이리도 요란해지는지."

"날 연모하지는 않아도 날 잊지는 마시오."

"오늘 나와 함께한 이 순간을 절대로 잊으면 아니 되오."

"알잖소.
내가 원하는 거.
딱 한 가지뿐이지.
낭자의 마음.
오직 나만을 향한
낭자의 마음."

"정말 밉군."

"혹, 꽃신을 핑계로
날 배웅하러
온 거라고
생각해도 될까?
내 세상 제일 고운
꽃신을 들고 오지."

"뭐가 사라진 걸까? 아니 내 마음에 무엇이 새로 돋아난 걸까?"

"장현도령 돌아오시오. 돌아오면…
내 다시는 매몰차게 굴지 않으리다.
장현도련님 다시 돌아오시오."

"아직 못 한 말이 있습니다. 그러니…
그러니 다시 돌아오시오.
장현도령."

"알아. 네가 가짜라는 거. 네가 여기 있을 리가 없어."

"이제 보십시오. 내가 내 사람들을 어찌 먹이고 입히는지."

"길채낭자, 이장현이 왔소이다."

"우린 나중에 아주아주 먼 뒷날에 다시 만납시다."

"난 잊은 적 없소. 단 한 번도."

"그것이 우리의 운명인 게지요.
다 끝났어요.
이미 늦었습니다."

"당신, 이젠 내가 가져야겠소."

"제발 내게도 한 번만 기회를 주시오."

"난 여기 있었어요. 한시도 떠나지 않고 여기.
매일같이 도련님을 기다리고 그리워하면서."

"낭자, 내 낭자가 주는 벌을 받고 낭자 손에 죽겠소.
그러니… 그러니, 제발 갑시다, 나와."

"서방이라니 가당치도 않지.
난 낭자의 종이 될 테요.
내 몸도 낭자의 것.
내 마음도 낭자의 것.
내 심장도 낭자의 것."

"그대가 나를 영영 떠나던 날, 죽도록 미워 한참을 보았네.
헌데, 아무리 보아도 미운 마음이 들지 않아 외려 내가 미웠어."

"이제 말하건대 차마 짐작지 못했습니다.
그저 내 마음이 천 갈래 만 갈래 부서져
님만은 나 같지 마시라 간절히 바랄 뿐."

第三章 끝까지 버티소서

"예, 잃었습니다. 이번엔 아주 영영 잃었지요."

"그 정성을 생각해서라도 꼭 잘 살아야 한다."

"이제 넌 혼자야. 씩씩하게 살아야 돼, 알았어?"

"성님한텐 절대 다시 그런 일 안 생깁니다. 나만 믿어요."

"길채가 사라지다니요!"

"이 아이만 태워줘요."
"상전이 종을 태우다니… 별일이구먼."

"왜 어떤 이의 치욕은 슬픔이고, 어떤 자의 치욕은 왜 죽어 마땅한 죄이옵니까?"

"끝까지 버티소서."

"그것을 보면 소인, 오래전 삶을 포기했던 이를
미워한 마음이⋯ 조금은 위로받겠나이다."

"사실… 나 말이지, 여자가 있었어.
그 여인도 나랑 같은 마음이길 바랐는데…
날 연모한 적도… 믿은 적도 없다고 하더군."

"생각해보면 별로 예쁘지도 않아.
특히 그 눈…. 그 눈이 너무…
반짝거려. 그런 눈으로 날 보지를 말든가."

"잠자리 시중을 들기 싫어서 얼굴에 흠을 만들었어."

"자식은 부모를 찾으러 오고,
부모도 자식을 찾으러 오고,
아내도 서방을 찾으러 오지만
서방이 아내를 찾으러 온 적은 없어."

"세상엔 뜻대로
되지 않는 일이 있지요.
아무리 다짐하고 다짐해도,
끝내 장담할 수 없는…
그런 일."

"하루를 더 살아낸다면"

"그 하루만큼 싸움에서 승리한
당당한 전사들이 되는 것이옵니다."

"제 몸을 드릴 순 있지만 마음은 못 드립니다."

"… 길채 애기씨 아니, 유씨 부인이… 심양에 있어."

"자꾸 헛것이 보여…."

"내게 은혜를 베풀어도
난 갚을 수가 없어요.
그러니…
아무것도
해주지 마세요."

"이번에는
당신 뜻대로
해줄 수 없어.
내 뜻대로,
내 마음대로 해야겠소."

"갑시다."

"어디서부터 잘못됐는지 잘 모르겠소."

"고맙⋯습니다."

"아니야. 내가 고마워."

"날 살리려고
애쓴 사람이 있어.
그 사람 생각해서라도
악착같이 살 거야."

"그 여인은…
병자년 강화에서
원손 애기씨를
구해낸 여인이옵니다."

"날 위해 아무것도 하지 마십시오."

"부탁입니다."

"이번 사냥은 목숨을 건 내기 사냥이야."

"그래도 하겠어?"

"부인!!! 안 돼!"

"길채야!!!"

"내가 이겼소. 이젠… 됐어."

"그러니 이역관은 살아 있어야 돼."

"말해! 이역관이 어디 있는지 말해!"

"랑음이 나리가 다쳐서 엄청 슬픈가 봐요.
사내가 그렇게 우는 거… 나는 처음 봅니다."

"나도 이 손, 잡아보고 싶었는데….'

"내가 지켜준다고, 아무 일 없을 거라고 해놓고
내가 널 놓쳤어. 정말 미안해, 종종아."

275

"보고 싶었어.
　그대가 웃는 얼굴."

"그날 왜 오지 않았습니까?
왜… 날 버렸소?"

"버린 게 아니에요. 차마… 가질 수 없었던 거예요."

"당신은···
이장현에게 저주야."

"그 여자한테
손대면…
죽여버릴 거야."

"난 떠나지 않아."

"이역관에게 내가 저주라면, 그 저주를 풀 사람도 나뿐이야."

"예전에 나… 참 어리석었지요?"
"참… 곱기도 했지."

"이젠 여기서 나랑 같이 있으면 안 될까?"

"여기가 싫거든, 어디든 당신이 원하는 곳으로…."

"나리를 위해서라면
저 역시
제 목숨 따위
아깝지 않아요. 하지만⋯."

"당신이 나를 대신해
죽어주길 바란 적 없소.
내가 바라는 건….”

"원 없이 다 해보았으니,
이제 내 마음엔 아무것도 남지 않았어요.
그러니 돌아가시오."

"잘 살아줘. 요란하고 화려하게… 길채답게."

"고맙습니다. 그리고 참으로… 미안합니다."

"잘 가시오. 가서 꽃처럼 사시오."

"내가 바라는 것은 오직 그뿐입니다."

第四章

혹시 그런 세상이 있을까

"오랑캐한테 욕을 당한 건 제 잘못은 아닙니다."

"하지만… 심양에서 이장현 나리께 마음을 준 일은… 미안합니다.
해서 이혼하는 것입니다."

"모두들 고향에 간다며 좋아하더군.
내게는 고향이 없어 갈 곳이 없을 줄 알았는데."

"내게도 매양 그립고 가고 싶은 곳이 있더군."

"잘 살고 있는 모습을 보여야 나리께서 완전히 단념합니다."

"혹시 그런 세상이 있을까?
달빛 아래 량음이 노래가 가득하고,
분꽃 피는 소리가 가득한… 그런 세상."

"분꽃이 무슨 소리를 냅니까?"
"못 들어보셨소? 난 들어봤는데. 참으로 귀한 소리였어."

"언제까지 날 속일 셈이오?
언제까지 날 속일 수 있을 것 같습니까?"

"난 그저… 부인으로 족합니다.
가난한 길채, 돈 많은 길채, 발칙한 길채, 유순한 길채,
날 사랑하지 않는 길채, 날 사랑하는 길채…
그 무엇이든 난 길채면 돼."

"좋아요. 허면… 오랑캐에게 욕을 당한 길채는…."

"안아줘야지, 괴로웠을 테니."

"많이 아팠지? 많이 힘들었지?
다 끝났소. 이제 아무 걱정 하지 말아요."

"오늘… 당신 안아도 될까?"

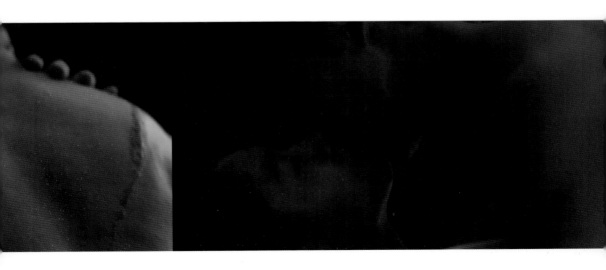

"마무리… 해야 될 일이 있소.
큰형님과 약조한 일이야.
한 달쯤 걸릴 테지만 꼭 돌아올 테니…."

"제 염려는 마셔요.
심양에 계신 날들도 버텼는데,
그깟 한 달, 웃으면서 기다릴 수 있습니다."

"저하께서… 잊으신 그 약속, 소인은 기억하고 있나이다.
소인, 이제 그 약속을 지키러 가옵니다."

"저들은 사병이 아니라 포로다.
나는… 포로들을 조선으로 데려오려 했을 뿐이야."

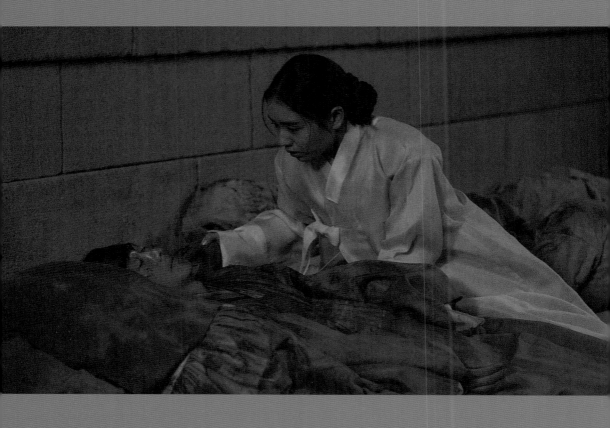

"나리, 길채가 왔어요."

"그대는… 누구시오?"

"저기 저 여인은 누구야?"
"다른 사람은 몰라도
 저분은 기억할 줄 알았는데

"기억이 안 나.
헌데 재밌어.
저 여인을 보는 거…."

"내가 그대에게 좋은 사람이었소?"

"… 좋기만 했을까요?"

"우린 이래도 되는 사이입니다."

"이제 이건 절대 잃어버리지 마세요."
"뭡니까, 이게?"
"원래 있던 자리에 놓으셔야죠!"

"말씀드렸지 않습니까? 우린 이래도 되는 사이입니다."

"제가 말씀드렸지 않습니까
우린 이래도 되는….'"
"알았어. 알았어."

"우리는 원래
이랬습니다."

"허면… 내가 영영 기억을 못 해도… 날 버리지 않을 셈인가?"

"제가 나리를 버려요? 지켜보셔요.
전 이제 죽더라도… 나리 곁을 떠나지 않습니다."

"내가… 그간 풍 맞을 짓 하진 않았지?"

"나리…"

"미안해. 너무 늦었지? 정말 미안해…."

"이제라도 나를 믿던 자들과의 약속을 지키고 싶어.
포로들을 조선으로 데려와줘."

"이 일을 당부할 수 있는 사람은 자네뿐이네."

"보고 싶어… 보고 싶어."

"그 여인이 제게는 고향입니다.
 이젠 고향에 가서
  편히 쉬고 싶습니다."

"서방님!"

"방금 나보고
서방님이라고 했소?"

"해서 뻔하지 않게 제가 할 것입니다, 청혼.
저와 혼인해주셔요. 세상에서
제일 행복한 사내로 만들어드리겠습니다."

"그제야 알았지요. 서방님은 나를 처음 만난 날부터
거슬러 나를 찾아오고 계셨습니다."

"서방님, 길채가 왔어요."

"길채야… 길채야….
기다렸지, 그대를. 여기서 아주 오래."

"몹시 그리워하고 사랑한 戀人"

지금 여러분은 어떤 시간을 살아가고 있나요?

〈연인〉은 제목에서도 알 수 있듯이 전쟁 풍화 속에 던져진 남녀의 사랑을 중심으로 한 드라마입니다. 하지만 그것이 전부는 아니죠. 보통의 사람들이 격동의 시대를 살아가고, 견뎌가며, 꿋꿋이 삶의 불씨를 지켜나가는 모습을 보여주고 싶었습니다.

철부지 애기씨 길채가 전쟁을 겪으며 친구들을 구하고, 한량처럼 보였던 장현이 포로로 끌려간 이들을 위해 고군분투하죠. 결국 삶을 이어나가게 하는 건, 완벽한 영웅의 성공담이 아닌, 우리 가까이에 있는 사람들의 온기로 만들어진 이야기 덕분인 것 같습니다.

드라마는 사극의 형식을 빌렸지만, 주인공들의 모습은 현대인들의 치열함과 크게 다르지 않다고 생각합니다. 조금 거창하게 들릴지도 모르지만, 이 드라마를 통해서 현재를 가치 있게 살아가는 오늘날의 수많은 장현과 길채가 위안을 받았으면 좋겠습니다. 그리고 오늘도 숭고한 삶의 무게를 견뎌낸 모든 이들에게 응원과 감사의 메시지를 전하고 싶습니다.

〈연인〉과 함께했던 모든 시간들을 이렇게 한 권의 책으로 담을 수 있게 되어 감회가 새롭습니다. 무더운 여름부터 머리카락이 쭈뼛 서는 겨울까지, 계절을 넘나들며 애써주신 모든 분들께 고개 숙여 감사의 인사를 전합니다. 괴롭고 힘든 시간도 많았지만, 그 시간들 곁에는 언제나 환희와 기쁨이 함께했습니다. 끝내 우리가 웃을 수 있었던 건, 많은 분들의 노력이 있었기 때문입니다. 온기 어린 대본, 뜨거웠던 현장, 시청자 여러분의 아낌 없는 사랑까지, 무엇 하나 잊지 않고 소중히 기억하겠습니다.

그동안 드라마 〈연인〉을 사랑해주셔서 감사합니다.

드라마 〈연인〉 제작진을 대표하여
감독 김성용 드림

장현을 보며 혼자 왈칵, 마음이 쏟아졌던 적이 많습니다. 매서웠던 시대가, 아팠던 시간이 그에게 남긴 상처들을 생각하면 금세 눈물이 고이곤 했습니다. 그런 사연 많은 장현에게 길채라는 분꽃 같은 여자가 찾아와 그에게도 따뜻한 추억들이 생겼으니, 이젠 '너의 삶도 꽤 괜찮았어' 하고 함께 웃어주고 싶어요. 〈연인〉에 보내주신 많은 사랑과 관심, 감사드립니다. 독자 여러분들의 삶에도 봄바람처럼 따뜻한 인연들이 가득 깃들길.

배우 남궁민 드림

길채는 부족함 없이 자라, 원하는 걸 전부 가져야 하는 애기씨였어요. 그런 길채가 장현을 만나고 전쟁을 겪으면서 점점 어른이 되어가죠. 길채가 삶의 시련들과 마주할 때마다 내 사람들을 지키기 위해 양반의 자존심을 모두 내려놓죠. 길채의 그런 강단 있는 모습들을 보면서 저 또한 많이 배운 것 같습니다. 꽤 오랫동안 길채를 기억할 것 같아요. 길채가 장현에게 향했던 마음 하나하나까지도요. 독자 여러분! 지난여름부터 겨울까지, 길채와 장현 그리고 능군리 사람들과 같이 웃고 울어주셔서 정말 고맙습니다.

배우 안은진 드림

연출 김성용, 이한준, 천수진 | **극본** 황진영

출연 남궁민, 안은진, 이학주, 이다인, 김윤우, 이청아, 최무성, 김준원, 최영우, 지승현, 문성근, 김종태, 김태훈, 최종환, 김무준, 소유진, 양현민, 전혜원, 정한용, 남기애, 권소현, 박강섭, 박정연, 박진우

책임프로듀서 홍석우 | **프로듀서** 김재복, 윤권수, 김지하 | **제작총괄** 김명 | **제작PD** 한세일, 이룩, 박정태, 최길수 | **라인PD** 배창연 김미향 안재홍, 이준형 | **촬영** 김화영, 김대현, 강경호, 전호승 | **포커스** 박유빈, 윤재욱, 정주봉, 김형욱 | **촬영팀** 김민석 이미래 박찬우 임호현 차민경 이재국 천경환 이제영 이세용 조성래 김지은 김세윤 이강욱 안경민 | **조명감독** 권민구, 김재근 | **조명1st** 임창종, 홍석봉 | **조명팀** 김하진, 고영재, 차천익, 도한빈, 장은성, 손정원, 방종배, 김영찬, 이창희 | **발전차** 최동삼, 이인교 | **조명크레인** 박영일 | **동시녹음** [D.O sound] 조정수, 엄재니, 이현도 | **동시녹음팀** 이상학, 양관열, 원근수, 지명헌, 김민섭 | **Key Grip** 김영천, 선지윤 | **Grip** 서사용, 고진명, 이건희, 김기현, 손지환, 이승환, 이재현, 권용환 | **무술감독** [서울액션스쿨] 김민수, 장한별 | **특수효과** [데몰리션] 정도안, 이희경, 최정욱, 김우진, 이종진 [아프로플러스] 하승남, 이재승, 한도희, 문경훈, 김형욱, 최광호 [FX21] 김홍진, 김홍석, 김영신 | **캐스팅디렉터** 김량현, 손승범, 백철 | **아역캐스팅** [배우마당] 임나윤, 엄이슬 | **보조출연** [나우캐스팅] 위욱태, 천재형, 이지웅, 김상희, 김병조 | **미술** [제이브로] 대표 김종석 상무 양지원 | **미술감독** 최현우, 김혜진 | **미술팀** 장민수, 주현지, 최혜린 | **소품팀장** 심문우 | **소품팀** 윤재승, 서유현, 정진채, 진세이, 성록현, 이성영 | **장식소품세팅** 노철우, 박성환, 정철회 | **세트부장** 서홍길 | **세트진행** 이창환 | **세트팀** 백상목, 박금성, 김태문, 정의석, 김성호, 정갑균, 이찬환 | **작화** 정연기 | **특수소품** 정승돈 | **미술행정** 김소영, 이지은, 노경하 | **의상감독** [HAMU] 이진희 | **의상현장총괄** 이두영 | **의상실장** 배철영 | **의상팀장** 이윤지, 박소영 | **의상팀** 김주호, 설혜원, 박해인, 황규덕, 임윤진, 박서진, 나성길, 하유미, 김재민, 이연제, 신채원, 김태연, 공성은 | **분장/미용** [타마스튜디오] 대표 김성우 | **분장** 고재성, 오영환, 한철완, 박대현, 이해인, 정희, 이혜연, 신소연, 이가현, 이승윤, 이슬 | **미용** 이유순, 송다영, 김결, 임예나, 유예랑 | **UHD종편감독** 김현진 | **UHD종편보** 송소희 | **내부FD** 김은서 | **Digital Colorist** [MEDIACAN] 이찬원 | **Assistant Colorist** 이온유, 서민경 | **Color Assistant** 이현정, 정다운, 제하영 | **DIT 센터장** 김광환 | **데이터관리** 노지웅, 김민수, 임소현, 조은비, 김혜미, 이세라 | **편집** 황

금봉 | **서브편집** 고은기 | **편집보** 황유정, 김은영, 오진영 | **VFX 감독** 박현종 | **프로젝트 매니저** 안선영 | **2D디렉터** 김수겸, 이기웅 | **2D시니어 아티스트** 진혜진 | **2D아티스트** 강가영, 배소현, 이민규 | **3D슈퍼바이저** 김지환 | **3D아티스트** 박요셉 | **FX/R&D 슈퍼바이저** 강병철 | **매트페인터** 안선영, 정호연 | **컨셉아티스트** 최헌영 | **VFX** [MILK image-works] | **타이틀&모션그래픽** 허석연, 양지수 | **타이포그래피** 박창우 | **음악감독** 김수한 | **OST제작** [도너츠컬처] 고영조, 유경현 | **작곡** [studio MOJI] | **믹싱** [레인메이커] 유석원 | Diaiogue&ADR [리드사운드] 정민주, 김필수 | **홍보총괄** 여유구 | **MBC 홍보** 박원경 | **MBC브랜디드콘텐츠** 최다슬 | **MBC디지털콘텐츠편집** 정예은 | **외주홍보** [쉘위토크] 심영, 이나래 | **제작기 메이킹** [드림스테이션] 권기수, 김영국, 장서형 | **제작기 포스트 프로덕션** 조영수 | **포스터 스틸** [마인드루트] 임용훈, 최성원 | iMBC **웹디자인** 이경림 | iMBC SNS 김하은, 진소희 | iMBC **메이킹** 양소원, 류동하 | iMBC **실시간 클립** 최아영, 유이수, 이주연, 박경민 | **MBC 제작운영** 이민지 | **MBC콘텐츠솔루션** 장해미, 최지원 | **MBC콘텐츠사업** 최윤희, 윤현혜 | **포스터디자인** [스푸트닉] 이관용, 김다슬, 배은별, 박채영 | **스토리보드** 황혜라 | **타이틀캘리** 전은선 | **봉고배차** 김민성 | **스탭버스** 안학성, 백승현 | **연출봉고** 김경회, 유원준 | **카메라봉고** 강한희, 고재흥 | **진행봉고** 강외찬, 박정숙 | **카메라탑차** 신태성 | **소품탑차** 강호길, 이주열 | **소품봉고** 이래행 | **의상탑차** 박춘식, 서정암, 김원묵, 김완수, 이홍주 | **분장차** [크레비즈] 김철호 | **분장봉고** 장태영, 정해승 | **데이터봉고** 윤승렬 | **대본 명성인쇄** | **역사자문** 조경란 | **만주어자문** 김경나 | **은장도자문** 박종군 | **서예** 송미견 | **국궁** 박성완 | **승마** [킴스승마클럽] 김교호, 김평길, 안민재, Julie Cresson | **특수차량** [인아트웍] 심대섭, 박민철, 허성두, 최견섭 [픽스온] 이정우 | **수레업체** [수레길] 이민우 | **섭외** 임진관, 김종아 | **구성** 최현진 | **보조작가** 윤애 | SCR 주예린, 신나라 | FD 김기태, 김승아, 한은성, 조명광, 여광현, 강두석, 조소현, 양수연, 이진호, 김연수, 이영훈, 이영광, 홍석진 | **야외조연출** 임명근 | **조연출** 박유신 권지수 정동건 윤영채, 권유운

기획 MBC | **제작** MBC, 9아토

제작투자 wavve

연인 포토에세이

1판 1쇄 인쇄 2023년 11월 22일
1판 1쇄 발행 2023년 12월 20일

지은이 MBC 드라마 <연인> 제작진
발행인 서영택
본부장 김태형
책임편집 정선재
편집 배윤영 한미리
마케팅 정진아 김수현 이유림
디자인 올컨텐츠그룹
제작 세걸음

펴낸 곳 ㈜밀리의 서재
출판등록 2017년 1월 5일(제2017-000008호)
주소 서울특별시 마포구 양화로45, 16층(서교동 메세나폴리스 세아타워)
메일 publishing@millie.town
홈페이지 http://www.millie.co.kr

ISBN 979-11-6908-363-8 (04810)
       979-11-6908-362-1 (SET)